Mi amiga Berta

Berta va al cole

Una historia de **Liane Schneider**
con ilustraciones de **Janina Görrissen**

Traducción y adaptación
de Ana Guelbenzu y
Ediciones Salamandra

Berta hoy se pone su vestido más bonito. Es su cumpleaños.
Ya tiene tres años, y la semana que viene por fin va a empezar a ir
al colegio. Le han regalado una mochila pequeña, unas manoletinas
rojas, unas botas de lluvia también rojas, una fiambrera de colores
y unos pantalones impermeables.

Ahora Berta quiere saberlo todo sobre la escuela. ¿Quién cuida de los niños? ¿La gente es simpática? ¿Los demás niños jugarán con ella? ¿Y qué pasa si tiene hambre o sed? ¿Y si se moja los pantalones? Berta tiene un poquito de miedo, pero mamá se quedará con ella los primeros días. Además, se llevará algo de comer y unos pantalones de recambio.

Pero antes Berta tiene que ir al médico. Los niños sólo
pueden ir al colegio si no están enfermos. El doctor
Martín le mira dentro de la boca y luego le examina
los oídos con una pequeña linterna. Le hace cosquillas
en la barriga y le revuelve el pelo. ¡Con lo bien
peinada que iba!
Está todo bien: ¡Berta puede
ir a la escuela!

Por fin ha llegado el primer día de cole. Ana, la profesora, saluda a Berta y a su mamá. Berta le da una foto para el calendario de los cumpleaños. En el pasillo hay unos ganchos con dibujos de colores para colgar las mochilas y las chaquetas. Berta busca un gancho libre. Escoge el del sol.

Ya hay muchos niños jugando y Berta conoce a la otra profesora.
Se llama Evelin. El calendario de los cumpleaños está colgado
en la pared. Hay doce erizos de cartón marrón: Berta va a la clase
de los erizos. Evelin pega la foto de Berta en un erizo al lado de
la foto de otra niña.

—Ésa soy yo —dice Xenia, y señala la foto—. ¡Ven!
Lleva a Berta a un rincón. Juntas construyen una cabaña con
unos cojines grandes y cuadrados y una manta. Va muy bien
para esconderse dentro.

Entonces Berta quiere ir a ver si su mamá sigue ahí.
Va corriendo a buscarla.

Ana les enseña el resto de la escuela y, sobre todo, dónde están los lavabos. Es muy importante porque en casa hace poco que Berta va sola al lavabo.

Hay tres váteres, y son mucho más pequeños que los de casa. Cuando Berta se sienta, las piernas no le cuelgan en el aire. También hay tres lavabos para lavarse las manos. Aquí no necesita subirse a un taburete para verse en el espejo.

Hoy Laila y Lucas pueden ir a buscar el carro del desayuno
a la cocina. Juan, el estudiante que está haciendo las prácticas,
los ayuda a repartir los vasos. Hay zumo y agua mineral.
Todos abren su desayuno. Berta comparte su cruasán con Julia,
que ha traído fresas en una fiambrera.

Después de comer, cada uno pone su plato y su taza en el carrito.
Berta y mamá se van a casa. ¡Ya han tenido suficientes novedades!

Al día siguiente, Berta y su mamá llegan un poco antes al cole.
Así Berta puede participar en el corro de la mañana y la saludan
con una canción. Con un pequeño juego se aprende
los nombres de todos los niños. Berta explora
la clase con Julia. Juegan en el rincón de
los muñecos y echan un vistazo al rincón
de las construcciones.

Ahora Julia trae la pista de las canicas. Berta deja caer desde
arriba los coches y las canicas. Al poco rato, otros niños quieren
jugar con ellas. Laila prueba si dos coches pueden bajar a la vez.
Lucas suelta todas las canicas por la pista. Julia va a buscar otra pista.

Más tarde, mamá le pregunta a Berta si puede dejarla
sola una hora en la escuela. A Berta le parece bien, porque
justo en ese momento Ana dice:
—¿Quién quiere oír un cuento?
¡A Berta le encantan los cuentos! Le da un beso a su mamá y corre
con los otros niños al rincón de lectura, donde se ponen cómodos.

Ana lee el cuento del gato *Mimí*, que se cuela en el zoo en busca de un nuevo hogar. Allí conoce a muchos animales y vive emocionantes aventuras. Berta escucha con atención.

Más tarde, Berta se sienta a la mesa de pintar y hace un dibujo del gato. Julia dibuja a *Max*, el perro de los vecinos. Cuando vuelve mamá, Berta le enseña con orgullo su dibujo y le dice que se puede ir tranquila: ahora ya conoce la escuela y puede quedarse sola.

Al cabo de unos días llega el momento de la verdad. Cuando mamá
se despide por la mañana, de pronto Berta se siente mal. Le da
un abrazo enorme y no quiere soltarla. Berta está a punto de llorar.
—Tienes que soltar a tu mamá —le dice Helena—. ¡Esto es un
cole de niños, no de mamás!
¡Un cole de mamás! Berta se echa a reír. Le da otro beso
a su mamá y se va con Julia y Helena a la clase.

Hoy en el corro de la mañana se celebra el cumpleaños de
Omar. Ana enciende una vela de cumpleaños en forma de tres.
Evelin le pone una corona de papel y todos cantan
una canción de cumpleaños. Luego Omar abre su regalo.
A continuación, reparte unos pastelitos a los niños,
los ha hecho su mamá. ¡Están muy ricos!

Después del desayuno, todos los niños salen fuera. Saltan y se columpian. David va en patinete. Yolanda salta a la comba. Katia y Helena juegan a la pelota con Pablo, el profesor de la clase de los osos. Berta da vueltas con Julia hasta que se marean. También los niños más pequeños de la guardería juegan fuera.

A mediodía, Ana llama a los niños de la clase de los erizos para hacer el corro de despedida. El cole ha terminado por hoy. Berta no se ha dado cuenta de lo rápido que ha pasado. Y no ha echado de menos a su mamá. Cantan una canción de despedida con Ana, Helena y los demás niños.

Los de la clase de los osos se van a comer. Ellos se quedan más tiempo y juegan en el cole también por la tarde. Después de comer, algunos se acuestan para dormir la siesta.

A los niños de la clase de los erizos ya los están esperando sus padres. Berta enseguida ve a su mamá y va corriendo hacia ella. Papá también está esperando fuera. Berta se despide rápido de Ana y sale volando. Tiene ganas de que llegue la noche y sea mañana, ¡para volver a ir al cole!

Papel certificado por el Forest Stewardship Council®

Penguin
Random House
Grupo Editorial

Título original: *Conni kommt in den Kindergarten*
Primera edición con esta encuadernación: julio de 2021

© 2019, Carlsen Verlag GmbH, Hamburgo
www.carlsen.de
© 2021, Penguin Random House Grupo Editorial, S.A.U.
Travessera de Gràcia, 47-49. 08021 Barcelona
© 2021, Ana Guelbenzu, por la traducción
Derechos de traducción negociados a través de Ute Körner Literary Agent, S.L. Barcelona - www.uklitag.com

Printed in Spain – Impreso en España

ISBN: 978-84-18637-23-0
Depósito legal: B-6.805-2021

Impreso en EGEDSA
Sabadell

SI3723A